KB083471

골목 단상

시와소금 시인선 · 130

골목 단상

박지현 시조집

시와 소금

박지현

- 1999년 대구전국시조공모전 장원, 1999년 월간문학 동시, 1996년 시와시학 시, 2001년 《서울신문》《부산일보》 신춘문예 시조에 당선했다.

- 아주대학교 국어국문학과 대학원을 졸업(문학박사)하고, 시조집으로 『못의 시학』『미간』『저물무렵의 시』『눈 녹는 마른 숲에』가 있고, 시집으로 『오래 골목』『그대 빈집이었으면 좋겠네』『바닥경전』 등이 있다. 동시집으로 『무릎 편지 발자국 편지』『간지럼 타는 배』가 있다. 시조평론집으로는 『우리시대의 시조 우리시대의 서정』과 시평론집으로 『한국 서정시의 깊이와 지평』이 있다.

- 김상옥시조문학상, 수주문학상, 지용신인상, 청마문학신인상, 이영도신인문학상을 수상했다.

- 전자주소 : hlm21@naver.com

| 시인의 말 |

풀꽃들은 어디서나 핀다. 저 피고 싶은 곳을 골라 핀다. 어떨 땐 등 떠밀려 필 때도 있다. 운이 좋으면 흙이 좋고 햇빛과 바람이 좋은 곳에서 터를 잡아 산다.

도로변에 핀 풀꽃들, 아파트단지에 핀 형형색색의 아름다운 꽃들, 돌 틈에 피는 수더분한 꽃들, 학교 담장과 보도블록 틈새에 겨우 발붙이고 핀 소박한 꽃들 모두 제가 선택한 곳은 아닐 것이다. 그러나 대부분 적응을 잘하고 있는 듯 보인다. 적어도 겉보기엔.

풀꽃은 나무와 달리 큰 부담 없이 우리의 삶 깊숙이 진입했다. 일부는 우리의 안방까지 들어와 사랑을 듬뿍 받기도 한다. 색과 꽃의 모양과 향기까지 좋다면 더할 나위 없다.

대부분의 풀꽃은 사람들이 붙여준 이름표를 달고 살아간다. 비록 제 선택은 아니지만 별 불만은 없어 보인다. 아니라면 제 삶의 터전에서 그토록 발을 깊게 묻고 당당하게 바람에 흔들릴 리 없다. 그 장소가 어디건, 원래 살던 곳에서 옮겨 살건 땅만 있다면 그만인 것이다.

풀꽃을 보면서 우리의 삶을 본다. 이 땅의 역사를 본다. 끝내 살아남아야 하는 변명 아닌 변명, 그 속엣말에 귀 기울여본다.

| 차례 |

제2부

제3부

제4부

작품해설 | 이승은

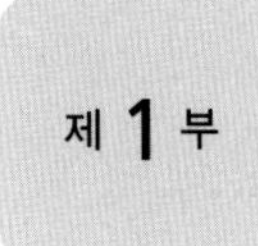
제 1 부

한낮

중천에 뜬
애젖한 기억
차츰차츰
멀어지는데

그 안쪽
너머 뜬 너는
메꽃으로 흔들리는데

설풋한
마음 안팎엔
성근 눈발
흥그럽다

꽃의 저녁

졌다 피는 것이
꽃만이 아니라는 듯

겨울 창가 오글오글
불빛이 모여드네

세상의 관절 마디에 산그림자 찰랑이네

칭칭 감아올린 꿈
녹슨 기억의 발톱들

햇볕을 못다 삼킨
허기진 저녁에는

피려다 멈춘 풍경이 식탁을 점거하네

적막

휘영청 진달래 피었고나야 이 산 저 산
활활 번지는 지름불 내리닫이 절벽이로구나야

진갈매 징살맞은 길
애오라지 걷겠구나야

무서리 내린 앞섶 눈물 또 쏟겠구나야
속속들이 짓무른 살 차마 나, 못살겠구나야

귀 밝아 적막이로구나야
그리움 홀로 산 넘겠구나야

문

한쪽 문을
열었는데 여러 길이
나왔다

여러 길을
걸었는데 한쪽 문만
열렸다

한참을
걸었던 길도 모른 척
낯 가렸다

새들은

새들은 날다가도
꼭 한 바퀴 돌아서 간다
뒤따라 오는 뉘 있어 한발 앞서 기다리던
스물셋 이마가 고운
막내 이모 편지 같은

집 떠나서 서너 달
이울어가던 달이여
밤새워 쓰고선 차마 부치지 못한 안부여
용골에 의지한 원양어선
펄럭인 깃발이여

새들은 날다가도
멈칫멈칫 돌아보는데
오래전 그 바다도 출렁출렁 흩어지는데
이제는 다 잊었다는
막내 이모 눈물이여

반달 숟가락

가슴에 남은 칼 하나
햇살 아래 짙푸르다

일평생
앙다문 낭끝
온전히 받아내었던

어머니
꽃등 켠 가슴
잉큼잉큼 저물어간다

상기 그늘

오백 년
회화나무 태풍에 쓰러질 때
쫀득했던 그늘도 서둘러 지워졌다
아무 일 없다는 듯이
날 밝고 저무는데

누군가
살았던 자리 지워도 지워지지 않는
서늘한 그늘 하나 초근히 일어나서
외 붓듯 가지 붓듯이
밑줄로 남았을 텐데

섣부른
뙤약볕이 펄럭이는 그늘쯤은
한방에 먹여 날린 바람 앞 나방이어도
아버지 울멍진 자리
똘박한 집인 것을

쓸모

바퀴에 깔린
명함 한 장 햇살 아래 넋살없다
후줄근한 등짝 아래 거칠게 움켜쥔 바닥
허공에
무너앉은 날 바람만 휘어잡는데

머흘머흘
흘려보낸 애마른 절박머리
맨가슴 열어젖힌 습습한 그 날들을
갓맑게
일으켜 세워 애면글면 움켜쥔다

저녁거미
이욱토록 날가지 어깨 들어
가파른 두어 걸음 바닥을 밀쳐보지만
애근히
놓아버린 길 살바람만 후틋하다

그믐달

날만 남은 숟가락이
산마루에 걸쳐있다
막새바람 높새바람 되숭대숭 달아나는데
긁어낼
무엇이 있어 몸 가볍게 앉아 있나

감자밥 옥수수죽
근근이 쑤어대던
엄동의 얕은 잠 안 애짭짤한 호박 넌출
어머니
손톱에 뜬 달 저문 적 없었는데

가다 말고 지다 말고
다시 피는 국화꽃이
서툰 손 그러쥐고 꺽뚝꺽뚝 긁어내는
당알진
닳은 숟가락 또 무엇을 받아내려나

뻐꾹 뻐꾹 우는 아침

참, 별일이다 별일이다 옆집에서 외쳤다

죽은 듯 잠을 자던 시어머니 돌아가셨단다

모두가 부러웠든지 슬픈 얼굴 안 보인다

그 여자

풀잎처럼 웃었네 바람처럼 내달렸네
순응의 시간들이 보풀되어 흩어지네
작년에 눌러둔 봄볕 여태껏 남았는데

살과 뼈 죄다 발라낸 텅 빈 달력이네
첫 새벽 별을 딛고 한 잎 두 잎 건넌 날
그믐밤 책장 사이로 서둘러 사라지네

더는 흐르지도 뒤척이지도 못하고
손아귀 꽉 물린 비누 잔등이로 남았네
적막의 뜨거운 그늘 아니 한 줌 공허네

슬리퍼 한 짝이

개울가 자갈 더미에
버려진 슬리퍼 한 짝
달음질 물장군이 제 발을 끼워보는데
재바른
그 뒷모습이 먼 길 가는 아배 같다

아배는 가다 말고
멈칫멈칫 돌아서서
흔들개비 두 손의 풀꽃 웃음 흩날렸다
여울진
억새 발목이 하얗게 흩어졌다

초근히 젖어 드는
서녘의 산노을이
왈칵왈칵 마른 울음 핏빛으로 쏟는데
물살에
되돌아든 발 담싹 담싹 껴안는데

새, 울다

서리아침 나뭇가지에 울음 우는 새 한 마리

설소리꾼 엉겨든 목청 가다듬고 있다
잰걸음 옮길 때마다
제 발밑을
덜어내면서

저 새가 오늘따라 왜 이리 울어대나

어머니 귀를 막고 하늘자락 밀어내는데
한 뼘씩 어깨 한쪽이
날깃날깃
잦아붙는다

상강霜降지나 입동立冬지나 소설小雪이 코 앞인데

손가락 끝 굽혀서 허공의 날 세고 있다
꽃 피는 그날 언제 오나
올 날 이미
가버린 날인데

맨드라미도 그렁저렁

묵은 집 허물어질 때
옛길도 잘려 나갔다

빗쟁이 멱살 잡힌 화단의 꽃나무들
가슴에 발목을 묻은 으능나무 개복숭아…

옹골찬 뙤약볕과
비구름이 다녀간 후

아스팔트 갈라진 틈 새 식구가 들었다
개망초 댕댕이덩굴 방가지풀 민들레…

새 길은 땅불쑥하니
아크릴 구름 솜털

밟고 또 돌아서면 보송보송 부풀어서
들살이 맨드라미도 재바르게 자리잡았다

제 2 부

집 한 채

집 한 채 걸어가네
누런 띠줄 동여맨
테왁 망사리 등짐 진 내 어머니 걸어가네
한사코
그 몸짓임을 저 바다는 알고 있네

불턱에 모인 몸들
세찬 물결 감추네
검정 물옷 속내가 다 해지고 부르터도
솟구친
숨비소리는 보름달로 떠오르네

츳, 풀벌레 피다

어둠 속에 핀 너를 꽃이라고 불러도 되나

즉 즉즉 씨르르륵 꿈 설친 풀벌레 울음

갈 곳을 찾아 헤맨 별들 하얗게 쏟아지는데

허물어진 기억이여 벽만 남은 허공이여

어차피 내놓을 거면 뿌리까지 뽑혀서

축축한 등뼈의 온기 꽃으로나 피울걸

창백한 가로등불 어질러진 발걸음에

지하철이 저물고 아스팔트 늘어지는데

츠츠츠 치르르르르 가을밤 깊어가는데

골목단상斷想

숨어야만 길이 되었다
굽이쳐야 숨이 되었다
어지간한 상처는
휘갈긴 낙서로 남았다
폭설을 껴안은 날이 발치께 쿨럭였다

낮은 등촉 알전구는
새벽녘에도 꺼지지 않았다
복사꽃 환한 봄날
구둣발에 흩날려서야
여나문 살아갈 이유 발그레 익어갔다

해질녘 퇴근길을
오종종 걷는 가장들
깊숙한 가슴 안쪽
골목이 꿈틀거렸다
굽이친 숨결 마디가 흐르다말다 했다

파꽃의 전언傳言

도도한, 도도하기로
목단꽃만 하랴만
누가 뭐라 해도 꽃 중의 꽃은 장미꽃이라,
오래전 아주 오래전 비밀도 아니었다만

군더더기 하나 없는 꼿꼿한 등허리로
뿌리의 기억 떨쳐낸 적소適所에 든 그 날
푸르름 다 비워내고
결기로만 남았네

그래도 꽃이었던 한 시절 별 것이었네
벙글었던 미련은 한 번에 그러쥐고
한 문장 흐트러짐 없이
말끔히 날려보내네

곡우穀雨 지나

바닥 힘껏 껴안은 적요의 봄꽃이여

겁탈의 무수한 날 팽팽히 당기고서

무명의 수사 따위는 미완으로 남겼다

잠 못 드는 발걸음 차츰차츰 멀어지고

그래도 남은 걸음은 책갈피로 숨었다

떠나고 돌아올 길을 지우고 또 새기듯

누구는 흐느낀 어깨, 머리칼을 보았고

또 누군 하얀 맨발 그 걸음을 따라가는데

등 누인 당신의 오후 자꾸만 가다 섰다

서덜취

감악산 능선 타고
매미 소리 여물 때
연자줏빛 서덜취 소릿귀가 멈칫한다
땡볕 속
불혹의 마디 쭉 뻗어낸 가지들

가까이 살을 대면
확 열리는 순응의 날
서늘한 그늘 자락 온몸의 상처들이
누군가 먹다 버린 듯 히끗히끗 돋아있다

오래전 사변 통에
산 넘던 해진 발등
굶주린 배 움켜쥐고 한 끼를 때웠다고
귓불에
하얀 잇몸 뉘어 아금받게 전한다

바람 들다

바람 잔뜩 든 무 하나
생각에 잠겨 있다
창 쪽으로 등을 돌려 태연하게 몸 기대인
외면한 안쪽의 세계 동굴처럼 깊었다

둥글었던 하얀 몸
곧추세워 일으키면
탱탱했던 시간들 좌르르 쏟아졌다
구름이 되고 싶은 걸까 구멍 숭숭 뚫린 날

바람 들고 싶은 날
어디 무 뿐이겠는가
천둥 번개 내려놓고 햇살도 내려놓은
퇴근길 웅크린 어깨 외투깃이 펄럭인다

쑥방망이

가까이 더 가까이 당겨 앉지 않아도

바스라지고 흩어져 고요 속에 엎드렸어도

새녘이 샛노래지게 두드리는 소리 있다

안개구름 떼구름 생다지로 달아나는데

산비둘기 울음이 후드득 떨어지는데

발 근처 이르러서야 그늘 하나 내어준다

열셋의 꽃잎 길을 지신지신 걸어본다

여기가 거기인지 오래 몰라도 좋아라

자욱길 모람 휘돌아 아스러져 좋아라

취

두리넓적 살가운 널 영자라고 불러주랴
뾰족 날 세운 너를 숙자라고 불러주랴
갸름한 목덜미의 너는 고개 숙여도 금자였다

이마며 귓불이며 가지런한 턱선이
바람에 너른해도 깊은 속내 내헤쳐도
눈꼬리 눈어리 모두 미순이 정선이 말숙이었다

들뭇들뭇 산등성을 아그려쥐구 앉아서
종일토록 들렁들렁 바람을 흔들어도
누군가 보듬기 전에는 자리 뜬 적 없었다

천지 사방 숙아, 순아, 자야 소리쳐 부르면
옷자락 펄럭이는 이 땅의 바닥나기들
사늑한 밥상머리에 애초롬히 모여든다

* 참취, 곰취, 미역취, 분취, 각시취, 병풍취 등을 두루 이르는 이름

지칭개

그 아이 늘 담장 아래
쪼그리고 울었다
깜박깜박 삿갓등이 덩달아서 울었다
아버지 잠들 때까지 주먹 쥐고 숨었다

마당을 점령한 칡
댓돌 위를 넘어왔다
떨어져 나간 창호지 뼈 드러낸 문살에도
울엄매 말라 비틀린 그 가슴뼈 안쪽까지

어디로 간 것일까
단발머리 그 아이
다 떨어진 발뒤꿈치 주춤주춤 걸어와
등허리 와락 껴안던 그 담장 그대론데

나문재풀

저 갯벌 속살 가득 번득인 붉은 몸이
수수 만만 나문재 그때를 기억하나 몰라
경징이, 경징이가 밀어 피바람에 쓸린 것을

붉은 펄 살갗숨 허기 하늘 가득 차오를 때
구차한 수만의 목숨 말발굽 아래 짓이겨져
경징아, 경징아 외치며 강화 바다 뛰어든 것을

갯바람을 받아 든 모진 울음 에움길도
몸속에 꾹꾹 눌렀다 애잡짤한 그 치욕*도
모로미 받아내어서 밀긋밀긋 살아야 함을

가파른 벼랑에서 햇살조차 품지 못한
그때 그 맨발이 여태껏 여울져서
갑곶진 너른 가슴에 불설어워 흔들린다

* 병자호란

부재

희부윰한 아침이
덜컹덜컹 굴러요
때아닌 장맛비에 멍울져 튀어들어요
읽다 만
책갈피 갈피에 어정쩡 끼어들어요

부엌 창 방충망에
거미가 한껏 늘어져요
널브러진 식탁 위 고요가 울렁출렁해요
농익은
제철 과일이 터질 듯이 부풀어요

외길로만 치닫는 하루
갈기 세우네요
열렸다 닫힌 문들 발자국을 먹어치우네요
허물이
빠져나간 자리 벌써 풀이 돋아요

부재 · 2

누구세요? 초인종을 누르고선 묵묵부답이다

엉거주춤 한 차례 고요가 휩쓸고 간다

지나는 바람은 아닐 터 한쪽 귀를 세우는데

다시 초인종이 운다 헛기침이 휘잡는다

죄인된 우리를 구원하사, 하나님을 받아들…

현관에 OOO의 집 새긴 표식도 뭉개버린

철조망이 가로막은 이산가족 상봉인 듯

노햇사람 되어버린 나를 위해 기도한다

얼굴도 모르는 네가 나뭇잎처럼 흐느낀다

집수리

봄이 왔다고 앞집에서 한바탕 집수리했다

지붕도 창유리도 햇살 아래 폼이 났다

풀꽃들 세 든 마당엔 시멘트가 출렁였다

제 3 부

초판본 훅, 들어오다

상가 앞 종이박스 납작하게 접는 노인

휘청인 목덜미가
후끈 달아오르는데
허공에 몸 누인 그늘 넌출넌출 흔들린다

누가 있거나 말거나 서 있거나 지나치거나

도로 한쪽을 떼어내
제 키보다 높이 쌓는
이승의 층층탑 하나 오늘도 초판본이다

초판본, 흐드러지다

정수리에 내리꽂힌 그늘 짙은 한낮이

헐렁한 기억 어디쯤 풀꽃으로 피었는지

저 강물 흐르다 말고 자꾸자꾸 뒤돌아본다

초판본, 흩어지다

종일토록 구부린 등 갈바래질 여념 없다
아버지 새코잠뱅이 땀 서 말 시름 서 말
소쩍새 울음일랑은 진작 돌다리목 건넜다

두어 걸음 앞섰어도 한 발은 뒷걸음쳤다
어룽진 산논배미 밭은기침 쿨럭였다
두둠칫 눈먼 속엣말 물꽃으로 번졌다

눈 깜박 겨를 없이 소나기 지나간다
손 갈퀴로 낚아채 간 후미진 목숨 하나
발품새 구름 일으켜 벗어들던 한낮이다

봄, 비탈에 서다

골목길 담장에 기댄
해당화가 저물고 있네

푸른 날 겹겹 두른
흰 물살 멀어지는데

움켜쥔
귀 하나 아직도 내려놓을 수 없네

벼랑 끝 흐드러진
천길 만 길 짙푸른 날

발붙인 어디라도
비바람 구름을 불러

불일 듯
봄날 가슴팍에 저리 뚝뚝 져 내리네

한 치 매화

매화꽃 피었는데 한 치 앞이 허공이다

나뭇가지 내린 봄볕
눈앞을 어루는데

담장 위 넘실댄 파도 스러졌다 달아나는데

매화꽃 휘날리는데 마음 갈피 둘 데 없다

마루 끝에 머문 날들
발끝에 흩어지는데

오죽烏竹의 얄푸른 날들 너울이 쓸어가는데

가재무릇

기억이란 때때로
옛 맹서만 같아서
오래 기다려온 편지 한 장 같아서
겨우내 굳은 몸이어도 무너지지 않아요

두근두근 날 선 밤이
흘깃할깃 안겨도
거침없이 달리는 살얼음 길이어서
슴슴한 초저녁 달빛 버짐으로 피어요

춘분 지나 한잠 두 잠
미간 건너 눈을 뜨면
화야산 산등성에 떼구름이 몰려가요
귀 접힌 가재무릇들 목덜미 벗어던져요

까실쑥부쟁이

허공을 깨부수며 천둥 번개 지나가요
어깨너머 불면의 사막이 달려와요
잎사귀 뒤집어 봐요
혼융의 삶이었어요

내 눈동자 귓불을 숨죽이고 보아요
거기, 그 안에 쪼그린 작은 아이 보이죠
아직도 키가 크고 싶어
종아리가 눈부신

까실까실 노숙의 날 말랑함이 그대론데
목덜미를 훑어내린 그 다짐 짓물렀는데
어쩌다 놓쳐버린 하늘
구름만 지나가요

금낭화

나는 단 한 번도 미운 적이 없어요

나는 단 한 번도 잠을 잔 적 없어요

어쩌다 가슴 설렌 밤 귀밑까지 붉었죠

손을 내밀어 봐요 남은 어둠 내어줄게요

귀밑에 쌓아놓은 녹슨 고요 쓸어줘요

입술에 물린 눈물일랑 모른 척 해 줘요

모든 이별은 땅 위 하늘 아래 있는 법

고개 숙일 때마다 땅 한 번 흔들리고

땅 한 번 흔들릴 때마다 봄날이 가버려요

흰가시엉겅퀴

나비로 살았던 걸까
풀잎으로 살았던 걸까
땅을 하늘로 알았던, 하늘이 땅인 줄 알았던
온몸에 돋았던 기억 흰 가시로 남았다

어디쯤 가고 있을까
한 발짝도 못 디뎠는데
너는 가고 나는 오고 한 발 가면 두 발 처졌던건망의
마디마디에 나비 떼가 날아든다

몇억 날이 흔들려야
그곳에 닿을 것인가
떠난 적 없는 삶의 자리 누수로 가라앉는다
난전에 이가 꽉 물린 좌판 앞 팔순 노인

각시붓꽃

엊그제 떠오른 달 여태 문턱 못 넘었네
외로 꺾은 등허리 그 고요에 닮았네
굼깊은 회오리바람 녈비에 흩어졌네

귓불 젖은 발걸음 애젓하니 숨기고서
보랏빛 작은 몸일랑 나들잇벌에 감추었네
주춤한 당신의 안부 귀만 열어 가뒀네

들마루 넘나들던 발 둥시렇게 떠오르는데
붙박인 저물녘의 생 눈설레가 뒤따르는데
몸속에 떠오른 달은 애즐없이 흐들지는데

홀아비꽃

후루루비쭉 후루루 네 잎사귀 날개 펴면
후루루 비, 비비쭉 흩어지는 저 새떼
어디서 날아든 건지 어디로 향할 건지

하염없이 하늘 보고 등 굽혀 땅을 기댄다
발 떠밀려 여기까지 물길 따라 오늘에 닿은
한줄기 떠도는 수천 리의 바람길

수천만만 촛불이 쑥쑥 켜졌다지는
셀 수 없는 외로움 스러졌다 일어서는
슴배인 목숨 하나가 마른 계곡 뒤덮었다

덩굴손

늦가을 바람벽에
나풀대는 덩굴손
제 손을 들추었다 내렸다 하는 것이
해거름
계집아이들 숨기내기 놀이라

어쩌다 바람 놓치면
치맛단 펄럭여서
까르르 웃음바다 발등까지 숨겨도
쿵, 쿵, 쿵
막다른 길에 밀려드는 단풍물

빙벽 얹힌 덩굴손을
찬찬히 들여다보면
구부러진 잰걸음의 골목길이 만져진다
햇살이
숨을 고르던 홑겹 방의 창문살도

덩굴손 · 2

그 누구도 모르게 꼭꼭 여미고 숨겼다

바람이 앗아갈까 눈보라가 짓누를까

밤잠을 설쳐대면서 껴안고 껴안았다

제 몸속 마음 안쪽 쪽문도 닫아걸고

평생 걸려 쌓은 담장 허물고 또 허문다

단 한 번 그대 내게 드는 가파른 그 오솔길

이제는 버리자고 돌아보지 말자고

허공도 내려놓고 발걸음도 내려놓는데

단잠 든 저녁나절에 보름달이 앞서 뜬다

개구리발톱꽃

날개 있으면 뭐 하나
발톱 있으면 뭐 하나

날지 못해 뛰어다니는데
할퀴지 못해 움츠리는데

꿈꾸면 날아다닐까
흔적으로 남을까

제 4 부

동백

꽃 속에서
꽃 진다
노을만 남기고

닦다 만 유리창에 또 한 해가 저무는데

내 속에
벙근 당신은
꼼짝없이 갇혔는데

동박새
목울대에
당신이 툭툭 떨어진다

'그때는 그랬어요' 한 줄이면 될 것을

홍건한
허공의 문장
끝도 시작도 없는 것을

좀개미취

발등이 여울지는
산기슭 개울가에

나부낀 촘촘한 몸 골바람이 껴안으면

첩첩의
산 그림자가 후루루 흩어진다

어매요, 여태 안 오고
거어서 모하능교?!

한 번쯤은 목놓아 소리쳐 부르고픈

연보라
목덜미가 슬픈 바위틈의 그 여자

별꽃

1.

잠이 없는 밤이면 하얗게 쏟아졌다

창문 낮은 골목길 뭇별들이 그랬듯

촘촘한 꽃 진 자리가 환청인 듯 흩어졌다

2.

땅에도 피는 별 있어 낭 끝 품은 그대여

구릉마다 흐드러진 맨발의 날들이여

천지를 훑어 읽어도 가뭇없는 언어여

3.

마음고름 풀어서 에움길도 덜어내고

피고 지는 꽃눈개비 온몸으로 굽다듬으면

적막의 봄날 한때가 첫 밤인 듯 모개졌다

너도바람꽃

산등성이 흘기는 그 눈빛이 좋아서

하얀 발목 그을린 그 웃음에 설레서

가던 길 내려놓고서 한나절을 보냈다

산길 에돌아 짐짓 모른 척 해보지만

돌아서면 뒤따라오고 돌아보면 멈춰 선

절벽 끝 흔들어대던 열두 살 그 기집애

산수국

1.

발아래 벼랑인데

바람이 등을 미네

누구에게 배웠나

실눈 뜨고 웃는 법을

한 치 앞 적신赤身을 넘어

한 생이 지나가네

2.

마루 끝이 벼랑이었던 골목 첫 집 아지매

배 타고 나간 아재를 손끝에 올려놓고

오뉴월 푸른 햇살을 아직도 끌어모으네

3.

수많은 숨죽인 날

나부낀 깃발이네

겹겹의 선잠 든 네가

외눈에도 부풀고

저 물빛 거슬러 올라

고요 한낮 물들이네

민들레

노란 꽃이 피고서야 너인 줄 알았다
바닥을 펼쳐낸 잎사귀가 허공인 줄
그때는 알지 못했다
허덕였던 걸음을

하늘 가득 솟구쳐야 닿는 줄 알았다
올라가야만 네게 의미 있는 줄 알았다
한사코 바닥에 엎딘
뜨거웠던 숨인데

시린 바닥 차고 오른 수수만의 날개여
저 어둠을 흔들어 열댓 번은 뒹굴어야
하나로 타오르는 것을
한 채 집 되는 것을

자운영

한 무리의 구름이 허겁지겁 지나갔다
허공에 든 앞무릎을 바닥에 조아리고
맨발의 한 시절쯤은 바람에 기대었다

쓸쓸했던 눈빛이여
어두웠던 창유리여
누군가 떨구고 간
조각난 슬픔이여
가래질 그날 오리라
한사코 꽃 피웠다

물가에서 언덕에서 미련 없이 흔들렸다
멀리서 더 멀리서 그저 손만 내주었다
아직도 다 못 간 그 길 날 밝자 깊어졌다

며느리배꼽

동그란 마디마디 연녹색 한 생이
뜨거운 햇살 껴안고 솟구치듯 흐드러졌다
재무지 말기끈 풀어 저 하늘 받아낼걸

그것도 아니라면 단 한 번 안겼다가
서럽게 떠나보낸 암벽 같은 등허리
들컥질 짓두드려 볼 걸 울멍진 발뒤꿈치를

본숭만숭 돌아올까 낮새껏 붙좇을까
어레짐작 그 첫 밤이 아직도 연둣빛인데
해설피 긴 산 그림자 으스러지게 품어본다

배추흰나비

더듬이 지팡이 삼아 훌훌 담장 넘어가네

섬 같은 날개 저어
허리 꼿꼿이 추스르며

쓰다만 호미 던져두고
텃밭 속살 돋워놓고

땅을 일으킨 무릎이 고랑물 간질이네

하염없이 흘러가네
마침내 닿을 그곳으로

어머니 성근 새우잠
하얗게 지워지네

산괭이눈

이 산 저 산 봄물결에 미어지는 목숨 있어
정자리 수내천 암벽 귀룽나무 그늘 지나
보풀인 가슴 엎디어 덕진산성 타 넘는다

도시의 뒷골목에 눈만 남은 산괭이
한 발 두 발 꼬리 안쪽 발걸음 감출 때
해거름 둥지 튼 어둠 오늘 하루도 살갑다

봄이면 무리 지어 물길 따라 발을 놓고
켜켜이 걸음 포개며 그 어디든 흐르리
바람새 내리감은 눈 부릅뜨고 살아내리

봄, 소양강을 지나다

그 새벽에도 골짝 안개
강 허리를 치근거렸다

맨발의 물비린내 혼절하듯 솟구쳤다

선잠 깬 왜가리 물닭
발걸음이 분주했다

끓어 얼룩진 핏빛의 이산離散
여여如如할 무렵이면

꾹 눌렀던 산굽이 어깨가 퍼덕였다

비무장 하냥 긴 봄날이
삐꾹 삐꾹 울었다

대구역

백 년을 훌쩍 넘긴
허리 꼿꼿한 노구가
맨손 뻗고 지팡이로 떠받쳐주지 않아도
오늘도 이별과 만남을 뜨겁게 껴안는다

달빛 젖은 수수만의
앞서간 걸음걸음
되돌려 앉히고서 에움길도 벗어든다
한 번도 떠난 적 없는 그 봄별 여전한데

오늘이 그날이듯
내일이 어제이듯
목련꽃 이팝나무꽃 흐드러진 가슴으로
외 등불 환히 켜 들고 맨발로 달려온다

겨울, 북한강

물오리 두어 마리 겨울강을 거슬러간다
강 근처의 집들이 물갈퀴를 바꿔 달면
음각의 하늘빛 풍경 피었다가 스러진다

고요를 주저앉힌 하오의 소한 무렵
산기슭의 앞섶을 당겼다 놓는 억새풀
강물의 끈끈한 기억 귓바퀴로 풀어낸다

잊자하고 살았던 쪽창의 길 끝에서
흔들리던 발뒷꿈치 잰걸음 모두 모아
물오리 생이 다 젖도록 겨울강을 끌고 간다

사리암 길

활엽이 길을 여는 돌계단을 오른다

한 발은 허공을 읽고 또 한 발은 비탈인데

벼랑 끝 휘감겨 드는 물 화엄이 거기인 것을

| 작품해설 |

생의 골목에 펼쳐진 식물도감

— 박지현 시조집「골목단상斷想」이야기

이 승 은

(시인)

생의 골목에 펼쳐진 식물도감

— 박지현 시조집 「골목단상斷想」 이야기

이 승 은
(시인)

프롤로그

가족사를 심층적으로 다룬 영화 「더 파더」, 이런 유형의 영화에는 고도의 에너지와 전략이 숨어있다. 그로 인해 영화의 흡인력은 대단했다. 몰입을 유도하는 연출도 그렇지만 세상의 어려움을 막아내던 '아버지' 라는 이름의 존재감. 든든하고 견고했던 바위가 깎이고 바스라져가는 과정을 명연기로 소화해 낸 안소니 홉킨스가 박지현의 시집을 읽는 내내 데자뷰 되곤

했다.

주인공이 집착했던 '집'과 '시계'는 점점 머리가 고장 나고 있다는 걸 암시하고 있는데 이게 현실인지, 관객의 영화적 체험인지 한동안 혼란스러웠다. 이 전략적인 배치가 결국은 원형의 그리움을 소환해 냈다고 본다. 이 감정은 누구에게라도 일어날 수 있다는 점에서 영화는 관객에게 극대치의 공감을 안겨주었다.

여기에 이르러 나훈아가 부른 대중가요 '고장난 벽시계'가 떠오른다. 한 줄로 요약하면 "고장 난 벽시계는 멈추었는데 저 세월은 고장도 없"다는 것. '세월', 그 어감은 낭만적이나 의미는 과학적이고 철학적이다. 자연스러운 현상 가운데 가장 확실한 것인데 가장 멀고 이해하기 어려운 단어다. 수많은 시인, 학자들이 저항해도 소용없으니 순순히 받아들이라고 귀가 따갑도록 전했고, 전하고 주위에서 늘 목격하는 일인데 수긍이 잘 안 된다. 끊임없이 죽어가면서도 끊임없이 살려고 하는, 이 부조리 속에 우리가 있다. 세월을 빈틈없이 정확하게 느끼려고 시계를 만들어놓고 고장 났으면 좋겠다는 이 심사를 어떻게 달래줘야 할지 모르겠다.

세월이란 한탄이나 한숨으로 끝날 일이 아니니 '모른다'는 자족의 말로 덮어둘까. 하기야 세월의 정체는 다 살아내 보고 죽기 직전에서야 어렴풋이 잡힐 것이려니, 짐작해보기로는 그리움으로 수렴되려니.

그리움, 솔직한 반어와 위로

살날보다 산 날이 많으면 어떤 날 오후 한낮은 겹겹이 쌓인 추억의 갈피를 잡기 어렵다. 시인의 시집은 이렇게 시작한다.

중천에 뜬
애젖한 기억
차츰차츰
멀어지는데

그 안쪽
너머 뜬 너는
메꽃으로 흔들리는데

설픗한
마음 안팎엔
성근 눈발
흥그럽다

—「한낮」 전문

숱한 기억들은 다가왔다가 멀어지고 개중에 한두 개는 남아 눈앞에 아른거린다. 바로 그리움인 것이다.

누군가의 4월은 봄에만 있는 게 아니다. 겨울에도, 가을에도 있다. 그리움도 그렇게 계절을 넘나든다. 아마 스산한 겨울에 그해 늦여름이 찾아왔나보다. 애젖하게 멀어지는 기억 속에서 메꽃으로 흔들리는 '너' 라는 그리움이 있어, 한낮의 성근 눈발조차 흥그럽게 다가온다.

졌다 피는 것이
꽃만이 아니라는 듯
겨울 창가 오글오글
불빛이 모여드네

세상의
관절 마디에 산그림자 찰랑이네

칭칭 감아올린 꿈
녹슨 기억의 발톱들
햇볕을 못다 삼킨
허기진 저녁에는

피려다 멈춘 풍경이 식탁을 점거하네

피어라 꽃들이여
피어라 저녁이여,

도심의 골짜기를 헤매다 돌아온 날
꼭 싸맨 발등 풀어서
꽃의 자리 찾아보네

—「꽃의 저녁」 전문

시인은 계속해서 그리움의 위력을 확인한다. 허기를 때우려고 차린 저녁 식탁에도 불쑥 올라와 저녁을 점거하기도 한다. 이렇게 그리움은 고장도 없는 것이다.

삶의 빛과 그늘을 건너 그의 발걸음을 이끌고 온 저녁의 집에서 맨발에 오롯한 "꽃의 자리"를 찾아낸다. 어느덧 시인의 눈길은 「적막」에 싸여 "그리움 홀로 산 넘겠구나야" 하고 실토하기도 한다. 그에게 있어 그리움은 원망과 성토의 대상이 아니라 오늘을 견디는 위로의 원천이다.

한편 시집 전반에 피어있는 그리움의 꽃과 풀은 시인의 시작 태도로도 읽힌다. 어쩌면 아버지를 위시한 가족은 작품의 자세와 색깔을 이끄는 마중물이다. 의식적으로 '도심의 골짜기'를 헤매는 동안에도 시를 품고 있다가 자기만의 시공으로 회귀하는 순간, 그는 "발등"을 "풀"어 시의 시계로 들어가는 것이다. 도시의 건조한 일상을 회피하지 않고 체험을 통해 꽃씨를 수집하고 이를 내면의 꽃밭에 심는 일련의 인문적 과정에 대한 비유로 볼 수 있다.

새들은 날다가도
꼭 한 바퀴 돌아서 간다
뒤따라오는 뉘 있어 한발 앞서 기다리던
스물셋 이마가 고운
막내 이모 편지 같은

집 떠나서 서너 달
이울어가던 달이여
밤새워 쓰고선 차마 부치지 못한 안부여
용골에 의지한 원양어선
펄럭인 깃발이여

새들은 날다가도
멈칫멈칫 돌아보는데
오래전 그 바다도 출렁출렁 흩어지는데

이제는 다 잊었다는
막내 이모 눈물이여

—「새들은」 전문

이 작품은 셋째 수에 이르러 그리움의 작동 방식이 조금씩 구체적으로 드러나며 시인 개인의 문학사를 구성한다. 형상화라는 다소 복잡한 과정을 거치지 않고도 스물셋 여자가 겪은 비극적 상황은 그 자체로 시적이다. 시인은 구태여 화자의 목소리를 빌리고 싶지 않았을 수도 있다. 그 일을 기억하는 바닷물은 출렁이는데 "이제는 다 잊었다" 하는 이모의 말은 그동안 수많은 시인이 읊고 또 읊은 '사소한 그리움' 보다 '솔직한 반어' 여서 타격감이 큰 시적진술이라고 할 수 있다.

그리움은 누적된 세월만큼 무게가 늘어난다. 그 대상이 사람인 경우, 좁혀서 가족인 경우는 강도마저 세어진다.

오백 년
회화나무 태풍에 쓰러질 때
쫀득했던 그늘도 서둘러 지워졌다
아무 일 없다는 듯이
날 밝고 저무는데

누군가
살았던 자리 지워도 지워지지 않는
서늘한 그늘 하나 초근히 일어나서
외 붓듯 가지 붓듯이
밑줄로 남았을 텐데

섣부른
뙤약볕이 펄럭이는 그늘쯤은
한방에 먹여 날릴 바람 앞 나방이어도
아버지 울멍진 자리
똘박한 집인 것을

—「상기 그늘」 전문

시인은 오백 년 고목보다 그 수명의 5분의 1쯤 되는 사람이 남긴 밑줄이 더 단단하고 실하게 박혀 있다고 말한다. 그 주체가 아버지라면 뙤약볕 아래 언제라도 그늘을 만들어줄 수 있는 존재이다. 대개 문학 작품에서 사람은 자연과 비교하여 열세에 놓인다는 점에서 사람을 우위에 둔 시인의 발상은 주목할 만하다. 자연으로 돌아가는 일조차 아버지의 "똘박한 집"으로 돌아간다고 해도 좋을 듯하다.

아버지의 빈자리는 수식을 섞지 않아도 그 자체로 삶의 통증을 치유할, 뚜렷한 약효의 그리움인 것이다.

날만 남은 숟가락이
산마루에 걸쳐있다
막새바람 높새바람 되숭대숭 달아나는데
긁어낼
무엇이 있어 몸 가볍게 앉아 있나

감자밥 옥수수죽
근근이 쑤어대던
엄동의 얕은 잠 안 애짭짤한 호박 넌출
어머니
손톱에 뜬 달 저문 적 없었는데

가다 말고 지다 말고
다시 피는 국화꽃이
서툰 손 그러쥐고 꺽뚝꺽뚝 긁어내는
당알진
닳은 숟가락 또 무엇을 받아내려나

—「그믐달」 전문

어머니는 그저 살뜰히 다 챙겨주시느라 날만 남은 숟가락이다. 아직도 무엇을 더 받아내시려고 산마루에 걸쳐 몸 가볍게 앉아계시는가. 생의 마지막까지 "서툰 손 그러쥐고 꺽둑꺽둑 긁어내는 당알진 닳은 숟가락"의 어머니야말로 그리움의 전형이다.

같은 맥락으로 읽히는 「반달 숟가락」에서도 "일평생/ 앙다문 낭끝/ 온전히 받아내"신 어머니는 또 하나의 만병통치약이며 종교다. "참, 별일이다 별일이다 옆집에서 외쳤다// 죽은 듯 잠을 자던 시어머니 돌아가셨단다// 모두가 부러웠든지 슬픈 얼굴 안 보인다"(「뻐꾹 뻐꾹 우는 아침」) 이리하여 지나가는 세월은 안타깝지만 그리움의 힘으로 죽음에 다가가는 과정도, 죽음이라는 결과 앞에서도 때론 슬픔의 당위성을 놓치기도 한다.

꽃, 순응의 시간

시인의 시선은 이제 자연으로 옮겨간다. 긴 세월 동안 자신과 삶의 사건들을 공유하던 꽃은 현재 시점에서도 추억의 마당에서 함께 피고 지고 있다.

묵은 집 허물어질 때

옛길도 잘려 나갔다

빗쟁이 멱살 잡힌 화단의 꽃나무들
가슴에 발목을 묻은 으능나무 개복숭아…

옹골찬 뙤약볕과
비구름이 다녀간 후

아스팔트 갈라진 틈 새 식구가 들었다
개망초 댕댕이덩굴 방가지풀 민들레…

새 길은 땅불쑥하니
아크릴 구름 솜털

밟고 또 돌아서면 보송보송 부풀어서
들살이 맨드라미도 재바르게 자리잡았다

—「맨드라미도 그렁저렁」 전문

이렇게 식구들과 함께 멱살을 잡혔다가 떠난 개복숭아도 있고, 고난이 남긴 틈에 새 식구로 들어앉은 민들레도 있다.

"묵은 집 허물어질 때 옛길도 잘려 나갔"듯이 애환의 가족사는 아련하게 멀어졌어도 기억 속에 뿌리는 살아있기에 늘 이렇

듯 다시 찾아와 변함없는 식솔들의 체취 같은 향을 피워내고 있는 것이다.

그 아이 늘 담장 아래
쪼그리고 울었다
깜박깜박 삿갓등이 덩달아서 울었다
아버지 잠들 때까지 주먹 쥐고 숨었다

마당을 점령한 칡
댓돌 위를 넘어왔다
떨어져 나간 창호지 뼈 드러낸 문살에도
울엄매 말라 비틀린 그 가슴뼈 안쪽까지

어디로 간 것일까
단발머리 그 아이
다 떨어진 발뒤꿈치 주춤주춤 걸어와
등허리 와락 껴안던 그 담장 그대론데

— 「지칭개」 전문

그리움의 대상인 아버지는 여기서 부정적 대상으로 부각된다. 유년의 화자와 어머니에게 고통을 준 대상인 것이다. 시인은 시집을 묶기 위해 시를 고르고 배치하는 동안 어린 시절의 상처와 결핍을 초래한 데 대한 미움과 잘라낼 수 없는 혈육에 대한 애정이 교차했을 것이다. 전반부의 시편들에서 이미 부정(父情)에 대한 진한 그리움을 드러냈다면 후반부의 아버지 관련 시편들은 화해의 말들이라고 할 수 있다. 마음의 어떤 경계는 갈등의 일부분만 꺼내는 것으로도 허물어진다.

어두운 기억만 존재하고 거기에 붙들려 울고 있는 것만은 아니다. 시인은 화자에게 극복의 임무를 부여한다. 유년의 화자는 담장을 넘어와 발목을 잡으려는 칡덩굴을 떨쳐내기 위해 울음을 그치고 산에 오른다. 그 장면은 이렇게 등장한다. "열셋의 꽃잎 길을 지신지신 걸어본다// 여기가 거긴인지 오래 몰라도 좋아라// 자욱길 모람 휘돌아 아스러져 좋아라"(「쑥방망이」 부분) 쑥방망이는 이름과 달리 실제로는 코스모스처럼 생긴, 노랗고 여린 꽃이다. 우울한 시간을 뒤로 하고 산에 올라 마음껏 팔을 휘저으며 내달리는 단발의 소녀 모습이 연상된다. 이런 점에서 이 시집은 개인의 일대기를 무대에 옮겨놓은 한 편의 드라마라고 할 수 있다.

이후의 삶을 집약해볼 수 있는 시편도 있다. "허공을 깨부수며 천둥 번개 지나가요/ 어깨 너머 불면의 사막이 달려와요/ 잎사귀 뒤집어 봐요/ 혼융의 삶이었어요" (「까실쑥부쟁이」 부분) 천둥번개와 사막으로 형상화된 화자의 길은 결코 순탄치 않았을 것으로 보인다. 앞날을 예측할 수 없을 정도의 혼융 상태를

헤쳐 나왔기에 너볏한 모습의 오늘이 있는 것이다.

노란 꽃이 피고서야 너인 줄 알았다
바닥을 펼쳐낸 잎사귀가 허공인 줄
그때는 알지 못했다
허덕였던 걸음을

하늘 가득 솟구쳐야 닿는 줄 알았다
올라가야만 네게 의미 있는 줄 알았다
한사코 바닥에 엎딘
뜨거웠던 숨인데

시린 바닥 차고 오른 수수만의 날개여
저 어둠을 흔들어 열댓 번은 뒹굴어야
하나로 타오르는 것을
한 채 집 되는 것을

—「민들레」 전문

모든 세월이 그렇듯 현재에 대한 정확한 진단은 미래에서야 가능하다. 이 같은 과거의 진술들은 모두 미래인 현재에서 나왔다. “노란 꽃이 피고서야 너인 줄” 알았고 “바닥을 펼쳐낸 잎사귀가 허공인 줄 그때는 알지 못했” 지만 “어둠을 흔들어 열댓 번은 뒹굴어야” 온전히 “한 채 집 되는 것을” 이제 안다.

「민들레」가 한창 젊은 날의 이야기를 유추해 낸 것이라면 좀 더 성숙한 시간의 작품을 들어본다.

꽃 속에서
꽃 진다
노을만 남기고

닦다 만 유리창에 또 한 해가 저무는데

내 속에
벙근 당신은
꼼짝없이 갇혔는데

동박새
목울대에
당신이 툭툭 떨어진다

‘그때는 그랬어요’ 한 줄이면 될 것을

흥건한

허공의 문장

끝도 시작도 없는 것을

— 「동백」 전문

이제 시인의 자연적 나이가 놀빛 근처일까. 노을만 남기고 꽃 속에서 꽃이 지다니, 닦다만 유리창에 또 한 해가 저문다니. 순응의 자세를 다짐하는 모습이다.

벌겋게 달아오른 그 한때를 마주하면서 닦는 일조차 문득 무의미하다는 것을 깨닫는다. "그때는 그랬"다고 말할 것을, 아직도 내 속에 벙근 당신에게 흥건한 허공의 문장을 띄운다. 순응의 결과가 다소 비극적일지라도 꽃 속에 꽃으로, 끝이 다시 시작이 되는 부메랑처럼 하염없이 내안에 피고질 것이다.

풀, 성찰의 시간

나비로 살았던 걸까

풀잎으로 살았던 걸까

땅을 하늘로 알았던, 하늘이 땅인 줄 알았던

온몸에 돋았던 기억 흰 가시로 남았다

어디쯤 가고 있을까
한 발짝도 못 디뎠는데
너는 가고 나는 오고 한발 가면 두발 처졌던
건망의 마디마디에 나비 떼가 날아든다

몇 억 날이 흔들려야
그곳에 닿을 것인가
떠난 적 없는 삶의 자리 누수로 가라앉는다
난전에 이가 꽉 물린 좌판 앞 팔순 노인

—「흰가시엉겅퀴」 전문

이 시집에는 식물 이름 40개가 등장한다. 서덜취, 나문제풀, 가재무릇, 까실쑥부쟁이, 흰가시엉겅퀴, 각시붓꽃, 홀아비꽃, 너도바람꽃, 개구리발톱꽃 등 제목으로 올라온 것도 22개에 달한다.

골목을 무대로 펼쳐진 인생 여정에 동행한 나무와 꽃과 풀들이다. 이들 식물이 나오는 대목마다 화자는 식물의 외양이나 속성을 활용해 시인의 정서를 드러냈다는 점에서 삶의 성찰이라는 것 외에 또 다른 문학사적 성취를 이뤄냈다고 할 수 있다.

평소 자연에 대한 세심한 관찰이 없었다면 불가능한 일이다. "난전에 이가 꽉 물린 좌판 앞 팔순 노인"과 "나비"로 "풀잎"으로 살아온 "온몸에 돋았던 기억"을 "흰 가시"로 드러낸 식물과의 배치가 이 작품을 팽팽하게 한다.

두리넓적 살가운 널 영자라고 불러주랴
뾰족 날 세운 너를 숙자라고 불러주랴
갸름한 목덜미의 너는 고개 숙여도 금자였다

이마며 귓불이며 가지런한 턱선이
바람에 너른해도 깊은 속내 내헤쳐도
눈꼬리 눈어리 모두 미순이 정선이 말숙이었다

들뭇들뭇 산등성을 아그려쥐구 앉아서
종일토록 들렁들렁 바람을 흔들어도
누군가 보듬기 전에는 자리 뜬 적 없었다

천지 사방 숙아, 순아, 자야 소리쳐 부르면
옷자락 펄럭이는 이 땅의 바닥나기들
사늑한 밥상머리에 애초롬히 모여든다

—「취」 전문

취에는 참취, 곰취, 미역취, 분취, 각시취, 병풍취 등 다양한 종류가 있다고 주가 달려있다. 밥상에 오른 취나물을 보면서 천진한 어린 시절 함께 놀던 옛 친구들을 하나하나 투영해 낸다.

시인은 이런 방식으로 다양한 식물들을 시적 소재로 등장시켜 자신과 주변의 삶을 구체화했다. 그리하여 시인의 골목을 따라가면 갈수록 우리 얼굴 같은 야생화가 정겹게 피어있는 것이다.

날개 있으면 뭐 하나
발톱 있으면 뭐 하나

날지 못해 뛰어다니는데
할퀴지 못해 움츠리는데

꿈꾸면 날아다닐까
흔적으로 남을까

—「개구리발톱꽃」 전문

묘사된 생김새를 보니 뿌리가 있는데도 날개도 있단다. 그러나 날 수 없고 발톱이 있는데 공격성은 없나 보다. 외양은 퇴화

된 흔적일 뿐 그 욕망은 꿈에서나 채워보는….

이 꽃을 찾아보니 흰색이며 키는 한 뼘 정도고 꽃을 다 펼쳐 봐야 3mm정도란다. 습지 주변에 피는 야생화로 꽃이 늘 고개를 숙이고 있다 한다. 시인의 연민과 동정이 미세한 곳에까지 이르고 있는 것을 알 수 있는 작품이다.

개구리발톱꽃 같은, 그런 사람이 이 시대에 얼마나 많고 많을까를 새삼 돌아보게 한다.

에필로그

숨어야만 길이 되었다
굽이쳐야 숨이 되었다
어지간한 상처는
휘갈긴 낙서로 남았다
폭설을 껴안은 날이 발치께 쿨럭였다

낮은 등촉 알전구는
새벽녘에도 꺼지지 않았다
복사꽃 환한 봄날
구둣발에 흩날려서야
여나문 살아갈 이유 발그레 익어갔다

해질녘 퇴근길을
오종종 걷는 가장들
깊숙한 가슴 안쪽
골목이 꿈틀거렸다
굽이친 숨결 마디가 흐르다말다 했다

—「골목 단상斷想」 전문

"길"과 "숨"이 되는 곳. "어지간한 상처는 휘갈긴 낙서로 남아" 있는 곳. "낮은 등촉 알전구는 새벽녘에도 꺼지지 않"는 곳. 시인이 살아내 온 골목이다.

거기는 "한쪽 문을 열었는데 여러 길이" 나오거나 "여러 길을 걸었는데 한쪽 문만 열"리거나"한참을 걸었던 길도 모른 척 낯" 가리는 「문」이 있을 듯싶고 "겨울 창가 오글오글 불빛"이 모여들어 세상의 관절 마디에 칭칭 꿈을 감아올리는 "녹슨 기억의 발톱들"같은 「꽃의 저녁」이 피려다 멈춘 풍경으로 얼비치는 집이 있지는 않을까.

박지현의 다섯 번째 시조집 「골목 단상斷想」은 지난번 새겨읽은 시집 「오래 골목」과는 사뭇 다른 매력이 돋보였다. 시는 시대로 텐션을 부여하고, 시조는 시조대로 낭창한 맛과 멋을 잘 살려 장인의 솜씨를 유감없이 발휘했다.

식물도감을 펼쳐놓은 듯한 이번 시조집은 쉽게 찾아볼 수 없는 꽃과 풀에, 원형의 그리움을 소환해 내는 그의 풍부한 시적 역량이 고스란히 드러난다. 동시에 잘 갈무리된 토속어를 활용하여 작품의 폭을 넓혔을 뿐만 아니라 숨어있는 우리말을 호명해 내는 아름다운 경지까지 보여주었다.

시와소금 시인선 130

골목 단상

초판 1쇄 인쇄 2021년 07월 20일
초판 1쇄 발행 2019년 07월 30일
지은이 박지현
펴낸이 임세한
디자인 유재미 정지은

펴낸곳 시와소금
출판등록 2014년 1월 28일 제424호
발행처 강원 춘천시 충혼길20번길 4, 1층 (우24436)
편집실 서울시 중구 퇴계로50길 43-7 (우04618)
팩스겸용 (033)251-1195 / 휴대폰 010-5211-1195
이메일 sisogum@hanmail.net
ISBN 979-11-6325-032-6 03810

값 10,000원

* 이 책의 국립중앙도서관 출판도서목록(CIP)은 서지정보유통지원시스템 홈페이지(http://seoji.nl.go.kr)와 국가자료공동목록시스템에서 이용하실 수 있습니다.

· 이 시조집은 강원도 강원문화재단 후원금으로 발간하였습니다.